KB016733

아침달 시집

아주 커다란 잔에 맥주 마시기

김은지

시인의 말

외로움이라는 한 단어로 표현되던 감정은
새로 나온 디바이스로
구체적이고 명확하게 측정할 수 있게 되었다
디바이스는
키링처럼 가방에 달고 다닐 수 있다

손에 꼭 쥐었다가 풀면

기기에게 추천받은
배영을 한다
얼마나 왔는지를 알기 위해 수영장 천장을 본다
나름의 표시들이 있다

잘
가라고

2024년 여름
김은지

차례

1부
상자의 크기처럼 소원의 크기도 골고루

2부
연둣빛 소설을 꺼냈다

3부
어떤 말은 잠깐만 비밀

4부
내가 전에 말했잖아요

발문

1부
상자의 크기처럼
소원의 크기도 골고루

네 번 환승해서 탄 전철에는 웹툰 읽는 할머니

이렇게 계속 놀랄 일인가 싶으면서도
시꾸는 시집 꾸미기
국현미는 국립현대미술관

책을 읽어보려고 하는데
벌 생각

오늘 오전에는
문을 열어줬더니 벌이 나갔다

출구를 찾고 있었는지
벌과 약간 말이 통한 기분
그래도 벌이라서 아찔했다

멀리 일하러 가게 된 덕분에
멀리 사는 친구 얼굴을 본다
몇 년 만에 만났어도
똑같아 보이고

정 많은 친구가
사람 챙기다가 상처받은 일
이건 아마
지난번에 들었던 이야기

식물 이파리에 물방울 맺히는 일
일액현상이란
식물이
쓰고 남은 수분을 배출하는 현상이야

빈티지인데 빈티지하면 안 돼
왜냐하면 거긴 시골이잖아

새로 연다는 가게 인테리어 이야기는
재밌기만 하고

멀리서

가끔이지만
좋은 마음으로 응원하는 사람이 있어
그 사람 생각하면 울 것 같은 마음은
뭐라고 부르는지

아직 집까지는 한참
환승이 편한 전철역을 지나
시꾸
국현미 생각하고
벌
이어서 일액현상
옆자리에는 웹툰 읽는 할머니

얼마 전에 들은 빛나는 말

나는 당신을
평생 구독합니다

눈 조금 내릴 수 있을까요

사찰에 커다란
종이 있다

저렇게 큰 종이라는 걸
만들게 된
인류의 시간을
난 가늠해 보고

외국인이
조심스럽게
종을 친다

직접 친 종소리는 어떤 소리일까
궁금해하고 있는데
외국인이 돌아서서 눈물을 참는다

내가 좋은 아빠가 될 수 있을까
나는 좋은 친구일까

자신 없었다
말하면서

사찰의 종은
어떤 소식을 알리고
어떤 날을 기념하는 것으로 알고 있을 뿐 나는
종
소리를
직접 들어본 적은 없는 것 같고
직접 쳐 본 적도 없는 것 같은데

눈
내린 사찰이라면
벅차오를 질문들
몇 가지
아마도
나에게도

따뜻한 꿀물을 주머니에 넣으면 천천히 식는다

추운 밤
모과나무가 있다
여러 그루 있다
조명도
식물을 가꾸듯 설치한 정원

기념일을 새로 만든다면
작은 일을 감사하는 날로 정하고 싶다

휴대폰 주인 찾아줌
자전거 타고 가다가
낙엽에 머리 맞음
세일해서 산 옷이 꼭 맞음
후회 그침

추워서 입김이 자꾸 안경을 가렸지만
고양이가 다가와 갸르릉 거렸을 때
주머니에서 손을 꺼내

쓰다듬을 수밖에 없었다

누울 때마다 기침이 났는데
천식약 두 알 먹고
푹 잤다
정말
기념할 만하다

빔포인터

그는 곧
시집이 나온다고 말했다

아무에게도 말한 적 없다는 제목을
말해주겠다고 했다

제목을 정한 이유를 먼저,
이어서
편집자의 반응이 어땠는지,
그런 다음
중의적으로 읽힐 수 있는 그 제목을 들었을 때

모음들의 음가가 무척 맘에 들었고
그런 다음,

기뻐하는 척하지 않아도 되는 기쁨

제목의 가능한 뜻 중에

무슨 뜻으로 쓴 건지
영어 사전도 펼쳐가며 한참
대화를 나눴고

두 손을 모아도 잡히지 않는
작은 물속 생명체
빔포인터로 가리키는 별

나는 그 제목을 어떻게 쓴 건지
이해하지 못했지만

새로 나온 시집을 읽는다
말을 나누지 않고 완성되었던 결별들이
시집을 넘긴다

수영하고 나서 읽는 문장

장화 신은 꼬마에게
길은
웅덩이 다음으로 더 멋진 웅덩이

수영을 끊었어

수영을 다신 안 한다는 게 아니라
수영 수업 등록했다고
계기는

기침하다가 삐끗했는지 이상한 갈비뼈가
나아지길 희망해

수경을 쓰고 바라보는 파란 타일과
내 움직임에 따라 뽀르르 발생하는 물방울

며칠이나 걸리는 큰 작업을 마쳤고 이제 나는
화면 바꾸기가 필요해

척추 의사가 말하길
수영은 원래 수영을 하던 사람에겐
도움이 되지만
못하던 사람에겐 권하지 않는다는 거야

아님,
자기 전에 팟캐스트에서 들었던…,

어떤 일을 시작한다는 건
레트로라든지 하는 로망 때문이면서 동시에
수반되는 고됨 피로 어려움을 시작하는 것이래

코 매움과 근육통과 어색함과 번거로움
신경 씀을 다른 곳으로 옮겨야 하므로

오른쪽 귀에만 물이 들어가는 이유가 있는지
강사님은 그런 건 없다고 하셨고

그렇다면
고개 숙이는 각도
물에 머리를 넣는 속도
바꿔보면서
집중
또 집중

수경을 쓰고
파란 타일을 보며 물장구를 치고 있으면
상관없어져
잘 알지도 못하는 다른 사람의 생각 같은 거

"비행의 경험이 낯설던 당시에 파리 하늘을 지나며 이중
의 무지개와 비구름을 기록한 산문이 있다"ㄴ

수영한 날 읽는 문장은
검은색이지만 투명하고
수면의 빛처럼 흔들린다

ᴗ 김은지, 「아이리스 쿠스망」, 『초고의 아름다움』(독립출판, 2019)

심장처럼 생긴 과일

배가 아플 때는 매실차를 마신다
더워서 어지러울 땐
수박 한 조각

과일의 말에 귀를 기울이는 것이
어쩌면

입술이 터진 뱃사람이
오렌지의 말을 알아차렸듯

과일은 푸르고 붉게 익어가네
인간에게 필요한 모든 것을 담기에

약간 납작한 심장 모양의 과일을 쥐었을 때

허니골드망고
지친 내 마음을 달래주세요

말을 걸어 보는 것이
어쩌면

과일이 바지런히 익어가네
두 가지 색이 잘 섞이도록

기적이 일어났는데도 모르고

바닷길이 끊겨
섬에서 기다린다

'물때의 QR코드'
자꾸 보일 때
저 문장으로 시 쓸 생각만 했지
찍어보질 않았다

괭이갈매기
고양이 소리를 내서 붙은 이름
울타리에 앉아 있어
올려다봤다
갈매기는 금방 날아갔다

노을 없이 밤이 오기도 하는구나
하늘을 마주 앉아
내내 기다렸는데

열린 바닷길 따라
친구는 운전을 하고
밤하늘에는 케이블카들이 멈춰 있다

수영 열심히 하고
잘 챙겨 먹자
체력 기르면 더 멀리 갈 수 있을 거야

미래를 계획한다
확신의 P
셋이서

기억 경쟁

출근할 때마다 나가지 말라고 말리던 모습 기억 나?
왠지 들어 올려 안으면 조용해졌지
응응, 같이 웃지만 가끔
남편이 말하는 장면이 난 이미 잊어버린 일일 때가 있다

맞아 그랬지

확실히 잊지 않을 일은
매드맥스를 보고 있는데
자던 강아지가 늑대처럼 하울링 하던 기억

둥글어서 잘 오르기도 힘든 인형 위에 굳이 올라가
균형을 잡던 모습

확실히 내가 잊어버린 건
수의사 선생님이 수술하자고 했을 때
강아지가 알아듣고 눈물 흘린 일

사소하고 평범해서 잊을까 두려운 건

뒷발로 귀를 긁는 느릿한 속도

꼭 왼쪽 콧구멍 다음 오른쪽 콧구멍으로 냄새 맡는 버릇

발톱을 물다가 뭐라고 하면

무는 것을 그만두던 모습

(내 잔소리를 들어주었어)

요즘은 남편이 말하면

적어 둔다

내가 더 많이 기억하고 싶어서

개화 시기

지난달에 만개했던 꽃나무가
이달엔 어떻게 생겼는지
궁금해서 길을 돌아갔다

합장하고
약속했던 기도를 했다
불두화, 신의 머리 스타일이라는 이름의 꽃 앞에서

사랑하는 사람을 떠올리자마자
이렇게 꽃나무를 향해 기도해도 되는지

신은 언제나
기도하는 자를 기뻐할 것 같기도 하고

앞에서 이런 생각을 하다니
꽃나무에게 미안해서

'행운을 빌어주는 동안

딴생각이 들지 않는다'
그것이 나의 종교
인 걸까

다시 기도해 주어야지

계단 초입에
매트를 깔고 절을 하는 사람이 있었다

기도를 해서
기도하는 사람이
눈에 들어왔다

주문

회식 자리였어
식사를 마친 사람들이 2차로 맥줏집에 갔지만
서로를 알고 싶었던 우리들은
그곳에서
좀 더 이야기를 나눴지

E는
이 자리에 남아 있는 음식들을 싸가고 싶다고 했어

팬데믹에 누가 먹던 걸 챙긴다는 게 좋은 생각 같진 않았
는데

외국어 이름을 가진 그는
낮 동안 혼자 걷는 것도 편해 보였고
잔디에 눕는 방법도 아는 사람
그를 말리고 싶지 않았어

E는 초밥을 모았고

초밥은 금방 몇 인분이 되더라고

가끔 생각나는 거야
숙소로 돌아가 그걸 드셨을지
듣기로는 E도
2차에 가셨다던데

회식 자리였어
통유리 너머로 바다가 보이는,
우리 일행이 얼마나 많은 초밥을 남겼는지
눈으로 확인한 건

굴뚝빵

산타는 공부하고 있다

울지 않았고
갖고 싶은 걸 한 단어로 말하는 아이에게

스마트워치라면
어떤 기종을 얘기하는 걸까

목도리는 꼭
페이크퍼라고 했지

상자의 크기처럼
소원의 크기도 골고루

나로서는
피아노 학원에서 받은 장갑을
겨우내 감사히 끼고 다녔는데요

너무 작은 것만 계속 바라는 것도
습관일 수 있어

침니브레드
라는 단어를 봤기 때문에
산타의 입장을 미루어 짐작해봅니다

겨울마다 한 번씩
기뻐하는 마음을
연습시키기

선물 보따리 언박싱
산타의 어깨충돌증후군

산타가
브이로그 출연한다면
구독할 사람

아무리 여름을 좋아해도 어쩔 수 없어, 가을에서 좋은 점을 찾아봐야지

메밀 같은 낮잠이 필요하다
입추가 말복보다 먼저네
매미 소리가 들릴 때 진짜로
무더워지는구나

오래 살아서 옛날 사람 되어도
새로 알 수 있는 일이 있고
다시 알 수 있는 일이 있어

꺼내올 가을이 있겠지
새끼 고양이들 모두 무럭무럭 자랐겠지
그러기 위해서는 그림자에게

도토리 같은 축구가 필요하다
포슬포슬 감자도 도움이 된다
왜 몰랐을까 아직까지도

이제 알았단다

고양이야,

하지에 감자가 특히 맛있대

2부
연둣빛 소설을 꺼냈다

번화가에 사람이 진짜 많이 지나간다

고정문에 대해서
쓰기로 한 지는 좀 되었는데

고정문 스티커가 붙은
오른쪽 문은 열리고
오히려 왼쪽 문이
잠겨 있는

4층 사무실에
두 번째 방문하면서 나는

왼쪽 문은 잠겨 있으니까
고정문을
슥
밀어봤고
안으로 들어갔다

시적이라고 생각한 건

고정문이라고 쓰여 있지만
열린 문

보다는
머릿속에 그려지는
건물 사람들 간의
비언어적 소통

램프의 요정이 등장할 때나
화장품 광고 속의 마법을 보여줄 때처럼
빛 가루 흘러내릴 것 같은

보다는
사람이 많이 지나가는 길
고정문이라고 붙이게 된
사연들

내가

이 건물의 출입을
이해하는 찰나

AI도 고정문을 밀어볼지 궁금하다

저 이거 시로 써도 될까요

어…,(잠시 고민)
괜찮지 않을까요

그치만 어떤
비밀을 지켜야 할 것 같은 마음이 있어
한참 못 쓰고 있었고

시 읽는 독자는
몇 명일까요
번화가는
번성하여 화려한 거리라는 뜻이긴 하지만

정말 많은 사람이 지나가네요

몇 명일까요
제가 문을 밀었을 때
밀렸던
그 감각을 같이 상상하는 사람

곰에게도 안경을 씌워주었다

언니 친구 중 한 명이
나에게 곰 인형을 주었다

친구도 아니고
친구의 동생에게
선물을 하는 일이란

월넛 색의 곰
작고 평범한 곰

나는 이름을 지어주고
어디든 함께 다녔는데

사람들은 나의 곰을 부러워했다
자꾸 달라고 했다

그저 곰 인형일 뿐이잖아

자신의 곰을 사랑하지 않고
나의 곰을 달라고 했다

검고 투명한 눈과
월넛 색 보드라운 털을 가진 나의 곰
아무도
나에게서 곰을 가져갈 순 없는 것

나에게 곰 인형을 주었다
언니 친구 중의 한 명이

언니가 원하는 만큼 얼마든지

대한민국에서 시인으로 살아가고 있는
한연희는
자신이 고양이라는 것이 발각될까 봐
자주 칩거했다

"연희 언니, 얼마간 시 모임 쉰대."

고양이의 목숨은 아홉이라고 알려져 있기에
한연희 시인은
달의 모양에 맞춰 아홉 편의 영화를 봤으며
동족들과 이야기 나누다가
자꾸 골목에서 사라졌고
쥐와 음가가 비슷한 김은지 시인을 볼 때마다

김은지가 사람이라는 것에 매번 놀라곤 했다

한 사람이 이렇게 녹색을 오래 좋아할 순 없어
한 사람이 이렇게 콧수염이 어울릴 순 없어

한 사람이 이렇게 모닥불을 피울 순 없지

김은지는 한연희 시인이 고양이라는 것을
네이버 검색으로 쉽게 증명할 수 있었지만
자기 밥을 차려 먹는 것도 미룰 만큼 좀처럼 귀찮은 성격
의 소유자였고
한연희 시인이 고양이라는 사실이 멋지다고 생각했기 때
문에

"언니, 그 영화 재밌었어요?"

한연희 시인은 예상대로 아무런 스포일러도 하지 않았다
"영화를 보는 동안은 말이야"

'고양이가 될 수 있겠죠, 언니가 원하는 만큼 얼마든지'

그 영화에서 한연희 시인이
어떤 상태의 고양이였는지 궁금해서

김은지는 그 영화들을

한 번씩 따라서 보고는 했다

(부록)

대한민국에서 시인으로 살아가고 있는

강혜빈은

자신이 펭귄이라는 것이 발각될까 봐

자주 칩거했다

그사이에 생긴 일

담당 의사는 휴진이었고
대신 진료실 1로 들어갔다

왜 이렇게 늦게 오셨어요

낯을 가리는 나는
왜 화요일에 안 오고 금요일에 왔냐고 묻는 건지
왜 오후 늦게 왔냐고 묻는 건지 몰라서 머뭇거리다가

아,
다른 선생님께서 되는 대로
월요일이나 수요일에 와도 좋다고 하셨기에
시간이 되는 금요일에 왔다고
대답했다

엑스레이를 찍고
다시 진료실에 왔더니

좋습니다. 좋아요.
의사는 느긋하게 엑스레이를 보며 말했다
나는 몹시 안심이 되었는데

왜 늦게 왔나요

그가 또 물었다

저는 보통 일주일에 한 번 와서
붕대도 새로 감고 가라고 하는데요
뭐, 담당 의사마다 다를 수 있겠습니다만

그는 내 담당 의사의 일정을 알려주고
붕대를 이중으로 감았다

그리고 느긋하게
목발 높이를 조정해 주었다

왜 늦게 왔지

화요일에 다시 오기로 했는데,
월요일이나 수요일도 괜찮다고 했는데
나는 진짜 왜 금요일에 왔지

간호사는
나보다 먼저 진료받은 사람에게 다가가

수납 안 하셔도 됩니다

라고 했다
환자는 곧 밖으로 나갔다
새로운 의문
이 들어왔다

오로라를 보러 간 사람

어제 우리는 만났어요
창문을 통해서

어제 만난 사람의 이름을
외우지 못하고

어제
되게 다감하고 되게 재미있는 사람이라고 생각했던 사람도
성함은 몰라요

나는 고개를 크게 끄덕이고
박수도 치고
댓글에 부지런히 뭔가를 남겼는데요

붉은색 대교 너머로
해가 지고 있는
나의 창
아니 해가 지는 게 아니라 뜨고 있는 건가

섬과 섬을 연결하는 붉은색 대교 앞에
나의 얼굴

나는 이렇게 생겼구나
줌 회의를 할 때
처음으로 보게 된 나의 표정

눈을 엄청 크게 뜨네

창문은 고를 수 있어요
이슬 맺힌 풀잎 창문
우주 정거장에서 바라보는 일출 창문

회의를 마치면
나는 창 속으로 걸어 들어가
투명한 파도가 쏟아지는 하얀 모래를 밟거나

푸른 오로라가 쏟아지니까

반팔 티셔츠를 입고

반바지를 입었지만

누워서 하늘을 바라볼 수도 있을 것 같아요

어차피 서로가

서로를 기억하지 못할 거라면

우리는 어제

같은 시간을 보냈어요

그라운딩

어젯밤에는 책을 읽었거든 정신과 의사가 몸 움직임을 통해 치유하는 내용인데 그런 걸 소마틱스라고 하나 봐 그런데 '그라운딩'이라는 단어가 자주 나오더라 바다, 땅에 닿는 부분 이를테면 골반, 우선 골반을 느껴보라고 하는 거야 그 질문만으로도 이미 환자는, 까지 말했을 때 너는

자리를 고쳐 앉았다
어깨도 펴고 두 팔은 내려뜨리면서

못 보는 사이
너는
너무 좋아졌지만
밤에 울기도 했다고

나는
일이 보람되지만
같은 고민이 계속된다고

주어진 사명이 이런 걸까

앞으로는 원하는 것을 말하자

몸에 좋은 식습관

누군가에게 필요한 것을 헤아릴 줄 아는 사람이 될 수 있

다면

우이천 건너편 이층 카페

가보고 싶었던 가게에서

골반

양 발끝

어깨를 펴고 그라운딩

읽던 책을 건네고

포도를 나눠 가졌다

거대한 건물이 아이들을 위해 냉방을 가동하
고 있지만

도서관 ATM 부스에서
아이들 둘이 앉아서 논다
문을 밀기도 하고
유리 너머 사람 구경도 하고
종이 쪼가리도 괜히 집어 본다
이건 뭘까
그리곤 나가서
한 바퀴 뛰더니
대리석 기둥에 손을 댄 채 돌기도 하고

자전거를 탄다
자그맣고 안장이 갈색인 예쁜 자전거
어디에 세워져 있었던 거지

아이들은
영수증에 적힌 것을 읽는 게 아니라
그냥 종이의 질감과 크기를 확인하고

재미있는 게 적혀 있을지 잠깐 눈 맞추고

버린다
내가 아주 오래
쓰지 않은 감각

서로를 따라다니며
기둥을 중심으로
화단 오르내리기에 집중하고 있다

여전히 놀고 있나

다리에 쥐가 난 내가 자리를 옮겨
문예지 여름호를 거의 다 읽고 통유리를 돌아봤을 때 마침
빠르게 뛰어서 지나갔다
아이들은

가방을 선물 준 친구

친구는 되게 자유로운 나라 사람이었지만
더 큰 자유를 위해 밴쿠버로 이사했다
밴쿠버를 생각하면 곰을 보러 가기 위해 건넌 구름다리가
생각난다
좋은 숙소를 얻었지만 너무 짧게 머물렀던 것,
도움이 필요할 때마다 모두 친절했던 것,
하지만 슬럼가를 두 눈으로 처음 본 것,

"요가를 따라 할 테니까 사진을 역광으로 부탁해요"

"만나서 반가워, 내 친구와 이야기할 때는
그녀나 그 같은 표현은 쓰지 않아 줄래"

출렁이는 구름다리는 길고, 안전했고, 평범했고,
사진에 잘 나왔다

곰을 실제로 봤다
그리즐리 베어는 달랐다

상상과도

기대와도

듣던 것과도

가까운 미래 공원

각도를 낮춘
데크를 걷는다

지구를 떠나는 달처럼
곤히 자는 사람을 깨우지 않으려는 발걸음처럼
거의 모르게

가능한 한 평평한 길을 만들어 봤어요

그런데도
내가 지치기 전에
전망대가 나타났을 때

당신이 왔으면 좋아했겠다

나무는 땅에 있고
나는 데크에 있어
나무에 오르지 않았는데도

윗동에 다가설 수 있는 순간은
신비로우니까

산책로에 멋진 이름을 지어주고 싶었지만
한 시간이 지나도 찾아내지 못했어

달처럼 가는 공원
미래의 공원
가까운 미래의 공원
시 쓰는 공원

이곳에서는 믿게 돼
많은 마음들
누군가를 위해
경사를 맞추는 작업들

노원역이 저쯤인가 봐
우린 훨씬 위쪽에 있었네

봐 맞잖아
이상하기도 해라

남쪽 멀리
모르는 산들이 몇 개나 보이는데

산꽃 이름을
하나씩 부르면서
산꽃 이름을 잘 외우는 사람들을 떠올리면서

당신이 오면 좋아하겠다
내년 휴가 때쯤

당신과 오면 좋아하겠다

3부
어떤 말은 잠깐만 비밀

토마토 빙수

시를 읽을 한 사람을 생각한다
그 사람은
밤에 잠이 들길 기다리면서
기침이 나지 않기만을 바란다

그 사람은 좋은 소식도 많이 듣고
착한 사람들과 충분히 시간을 보냈는지 모르겠지만
더울 때 토마토 빙수
같이
먹을 수 있게 되기만을 바란다

내 시를 읽을 누군가, 나 같은 독자 한 명
슬픈 일 마주하지 않기를
왜냐하면 그는
다른 통증들 때문에
제대로 울어줄 수 없기 때문에

사과와 관련된 비밀들

추천사 문체로 쓴 시
직접 레서판다를 본 기분
더워도 바깥에서 뛰어노는 아이들
스카치, 다 나으면 언제 어디서 마시고 싶은지

오늘은
그를 위한 시를 써보려고

짧은 시가 끝날 때
눈을 감고 숨 들이마실 수 있기를
잠시
그를 위해서 이 세계에 있는 고요한 것
시에 하나씩 놓아 본다

나를 기다리고 있었는데 못 본 척 지나갔다

짧은 일본 소설은
편지 봉투 같은 것에 들어 있었다

나는 전철에서
연둣빛 소설을 꺼냈다
소설은 얇았다

동경하는 학교의 여름 모자를 만들어 쓰고 다닌
청년의 한철이 들어 있었다

정말 바보 같은 짓이군

웃음이 나왔다
나 같은 바보가 또 있었다는 사실에

도착역까지 여름
롱패딩을 입고 있었지만

굿즈 나눔

양말은 좋고 책갈피는 싫어요

메모지를 잘 쓰고 있지만
쓰는 것이 받는 것을 따라가질 못해요

모임에서 열심히
굿즈를 나눔합니다

미니멀리스트이고
에코이스트입니다만
구름 위에서
세상에 하나밖에 없는
선물을 제작하는 상상을 한 적은 있어요

당신이 좋아할 만한 걸 생각하다가
밤을 건넜어요

완전히 까다롭지만은 않아요

내가 이상하게 갖고 싶었던 건

기분 반지,
작은 글자 책, 가장 잘 지워지는 지우개,
일기장을 잠그는 열쇠, 모래시계,
핫팩,
시간과 공기와 음악과 춤

이런 것에 당신이 마음을
담으신다면
일 년 정도는 소중히
간직하겠습니다

게시물 보관

레게 음악이 흐르는 자메이카 식당에서 우리는 그 자리에 없는 사람 칭찬을 엄청 한 후에, 누군가 언젠가 하고 싶은 프로젝트를 신나서 얘기하면 다른 누군가 그 얘기 받고 나는 어떤 책을 제작 중이다 그럼

그럼 또 누군가 의미도 있고 재미도 있는 기획을 얘기하다가 다시 그 자리에 없는 사람 칭찬으로 이어지는 얘기를 막차 시간까지 했다 나는 속으로 나 없을 때 이 사람들이 모여서 내 칭찬도 해주면 좋겠다고 생각했다,

라고 SNS에 올렸다 그렇지만 곧 내렸다

너무 큰 상처를 받은 날엔 무엇이든
쉽게 상징이 되어버리니까

하루
24시간
1,440분

자메이카 식당의 다정한 모임 이야기가

대부분에게는 아니더라도 어떤 사람에게는 양 볼이 확 달아오르는 무너지는 기분일지도 몰라 이런 염려조차 함부로 하는 건 아닐까 자메이카 식당에서도 내가 보고 싶은 모습만 본 건 아닐까

거리 두기 기간에 음식 사진 들뜬 기분을 망쳐버리기 쉬운 치킨 사진을 SNS에 올리고 또 내리는 일도 어울리는

1,440분

크리스마스 타임 이즈 히어

올해 과메기 판매를 시작한다고 사촌에게 톡이 왔다 고모가 사는 구룡포 등대가 있었고 해안 도로를 돌 때마다 과메기 건조대가 나타났다 수영을 하기로 한 것도 아닌데 사촌 동생이 해양생물처럼 바다로 뛰어들었다 물놀이가 끝나고 보이는 이웃집에 들어가 샤워를 했는데 돈은 어디에 내야 하냐고 물었다가 도시 사람들은 하여튼 이렇다며 혼이 났다 (저는 딱히 도시 사람도 아닌데요) 택배로 온 과메기엔 초고추장까지 들어 있었다 *고마운 사람들에게 보내면 좋아할 것 같아* 올 한 해 얼마나 많은 사람에게 신세를 졌는지 과메기를 보내고 싶은 사람들이 쏟아졌다 다 보낼 수 없는 걸 다 이해해 주겠지 혹시 *과메기 좋아하세요?* 며칠 전 계약금을 보내 주신 두 분에게 톡을 보냈다 귀한 것이란 보내는 사람이 더 벅차는 것이었구나 매년 먼저 떠오르는 두 분에게 깜짝 과메기를 보내드리고 남몰래 벅차하면 되겠다

미움받을 용기 냈다가 진짜로 미움받을 때

벌금 이십만 원을 냈다
몰라서 내는 벌금이었다

별자리 운세에서 1월이 좋을 거라고 했다
별자리 운세는 자주 틀리는데도 확인할 때마다 떨린다

심폐소생술 교육을 듣고 온 사람이
나도 배우면 좋을 거라고 한다
실제 상황에서 심폐소생술을 망설이는 이유가
잘못하면 어쩌지, 하는 두려움 때문이라고

벌금을 내고 집에 가는 길에
지인에게 줄 솔티캐러멜을 사려고 했다
가게에 들어가자마자 밖으로 나왔다

쇼핑은 무리고
이럴 때 하면 도움 되는 일을
안다면 좋을 텐데

엄청난 악몽을 꿔서 다시 잤다
두 번째 꿈에선 악몽 꾼 내용이 나왔다

다 나에게 말을 거는 것 같다
꿈도 SNS의 글들도 지금 읽고 있는 책도 오목 두기도 내
가 쓴 시도

미움받을 용기 냈다가 진짜로 미움받을 때
라는 기획으로 브런치 작가 신청했다가 떨어졌던 건
몇 년 전의 일이다

벌금을 낸다고 해서 마무리되지 않는 일이 있고

자꾸 자리에 앉는다
그러지 않으려고 해도

계절의 셋째

샤워기
온수가 어깨에 닿을 때 소름

처음으로 수영장에 간 날
젖은 발

세 번씩 울리는 소음
누군가는 나에게 수영을 가르치고 싶어 하고
매운 코가 나아지면
또다시 물에 빠졌다

아파트 방송에서는 곧 소방기기 점검이 있다고 한다

찬 기운과 함께 나를 깨우는 아침
밤까지도 그렇게 더웠으면서
새 계절이다

무엇을 하든 조금은 서러운 기분이 들겠지만

뜨거운 물을 티백에 붓고

선풍기로 식히며

서른셋

서른넷

공원 나무를 센다

저작권이 있는 패턴

욕실용품 회사에 다니는 친구에게서
로고를 만들어달라는 요청을 받은 적이 있다

예능 작가인 친구가
주말 프로그램 제목을 그려줄 수 있냐고 물었다

우리는 모두 어렸고
뭐든 가능해 보였고
서로 돕고 싶었다

그림 그리는 것만 좋아하던 나는
사업자 등록증이 없었고
스케치는 나만 아는 추억으로 남았지만

그 회사의 수전으로 손을 씻을 때마다
주말 예능을 볼 때마다 이따금
떠올린다
내가 그린 로고

소질만 있다면
누구든 잘할 수 있다고 믿는 사람들이
내 곁에 있었다는

숫자 병합 게임 중심의 생활

도수 치료는 어떤 거예요
확실히 받아보니깐 좋긴 하던데
난 약 먹으니까 확실히 나았어
온찜질을 해 봐
파스도 좋아요

나는 휴대전화만 덜 써도
곧 사라질 불편감인 줄을 알면서도

베개도 바꿔보고
노트북 거치대도 챙기고
영하의 날씨에 자전거를 타면서
중독된 게임 시간을 줄여보고 있었지만

이 게임을 사시면
높은 확률로 거북목 증후군이 옵니다
이 휴대폰을 사시면
거의 확실히 손목과 손가락이

시력 청력까지도 안 좋아집니다
라고 한다면
나는 아무것도 시작하지 않았을 테지만

휴대전화를 샀으며 게임을 다운받았고
에세이라도 한 편 완성한 날이면
생활 리듬 깨져버리고
새벽 두 시가 빠르게 내려와
새벽 두 시에 병합되어
새벽 네 시

"나 어떻게 할까"

백조를 그리면서
잠시 망설인 후에
감은 눈을 그려 넣었다

감은 눈은 우아해

며칠 전 영국 드라마에서도
눈을 감고 있는 주인공의 얼굴이
아름다웠다

"전 아직 청춘들 얘기 질리지 않았어요"

같은 드라마를 본 지인의 말

노시인이 쓴 시에는
백조가 다가온다
백조가 다가올 뿐이다

"나 어떻게 할까"

떨림이 전해지는 번역된 문장

눈을 꼭 감았을 때
날개를 펴며 노니는 백조의
호수 1
호수 2

오래도록 꺼내지 않았던 장면이
거의 잊어버렸던 기억이
다가왔다
다가올 뿐이었다

고양이 등장시키기

그동안 고양이에 대해서 쓰지 않는 이유는
어떤 쉬운 길
유리한 방식을 택하는 것만 같은
이상한 겁을 먹었기 때문인데

계속해서 글을 쓰는 일은
이런 시어들을 과감히 부리는
작은 자유를 얻는 일
이라고
시 모임에서 강조한 적이 있음에도

미술에는 도상학과 도상해석학이라는 학문이 있으며
화가가 별생각 없이 그린 고양이의 모습에서
자신도 모르는 상징적 가치가 나타나기도 한다는 얘기를
들은 날이면

나의 고양이

내가 자고 있을 때
목도리처럼 내 목을 감고 자고 있던 나의 고양이
부엌에 커튼을 쳐서 만들었던 나의 작은 아지트
펑펑 울다가 잠든 아지트

그러니까 당장 고양이에 대해 써야겠다고 생각하지도 않고
고양이에 대해 쓰는 일은 무리야
중얼거리며 집으로 가는 길

직각으로 꼬리를 세운 고양이
하나
둘
셋
어둠이 내려앉을 때
눈에 띄지 않게 고양이에게 밥을 주는
고양이를 닮은 사람 하나

재능이 없다는 평가를 받은

에릭 알프레드 레슬리 사티가
음악 활동을 시작한 곳은
검은 고양이
몽마르트르에 있는 카바레

그러니까 좀더 간접적으로

나의 고양이가 아닌 다른 고양이
고양이가 아닌 고양이
이야기

4부
내가 전에 말했잖아요

퇴고 못 해도

생강홍차에 대한 시는 잘 써지지 않았다
오래 다시 썼다

생강홍차에 대한 시가 잘 써지지 않아서
계속 계속 고치다가
그해 겨울을 달고 따스하게 보냈다

자꾸 쓰게 되는 우산

살짝 녹이 슬고
물방울이 조금 고이는
우산의 손잡이에는

김순임 여사 회갑 기념

십육 년 전 1월 14일
날짜도 박혀 있다

여사님은 이제 칠순 지나
일흔여섯인지 일흔일곱인지

폭우 쏟아지고
나는 집 앞에서 잠시
모르는 김순임 여사님의 안녕을 바라고 있다

우산은 아마
원장님이 빌려주신 것 같다

상가 교습소에서 아이들을 가르칠 때
장마엔 창가에 펼쳐두려고
신문지를 모으곤 했는데

과외하던 학생 집에서 빌려준 우산 같기도 하다
이런 날이면
이런저런 핑계를 만들어
수업을 취소해 주던 집들

"선생님 저는 비 오는 날이 좋아요"

그럼 나도 비 오는 날이 좋다
학생들은
물웅덩이에서 첨벙거릴 때 터지던 웃음처럼
완전히 잊었던 기억을 꺼내게 한다

버튼을 누르니
펑

남색의 우산은 잘 펼쳐진다

폭우 속에도 많은 사람들은
바쁘게 걸어간다

며는

복싱을 배우며는
캔디크러쉬를 마지막 판까지 깨며는
반찬을 집에서 만들며는
생기는 일에 대해
내게 말해줄 수 있는 사람이 있다며는

그 사람은 나에게

깊은 심심함과
동시에 깊은 재밌음을 느낄 수 있다는 것을
얕은 호기심과
동시에 얕은 무관심을 가질 수도 있고

바쁘게
와는 별개로 한가하게 지내고 있음을
말해줄 수도 있다

흠흠,

그러며는 거기 서 봐
사진을 잘 찍어줄게

그러며는 이곳으로 가자
칼국수를 먹고 싶다는 거지

그러며는 이쪽이야
아무도 열어보지 않은 보물이 있는 곳은

하고픈 말을 할 때마다
말끝에 길게
며는, 하고 말하는 그는

내 느낌에 하나의 이름표를 붙이지 않고
고개를 끄덕인 후에
낯설고 새로운 장면으로 데리고 간다

돌고래도 장미를 좋아할 것인가

어떤 말은 잠깐만 비밀
"혹시 응원이 필요하면 말해"

별로 오래 알지 못한 사람들끼리 여행 가기에는
춘천이 괜찮대

비가 와서 멀리서 본다

벽돌담 넘어 피어 있는 장미꽃의 숫자가 궁금해
멀리서 본다 멀리서 보면

혹시 응원이 필요하면 말해
목욕탕 갈래?

뒷모습을 천천히 용기 낼 시간

봄이라고
나무들이 연두색을 시작했으니까 갑자기 좋은 문장이 튀
어나왔으니까 낯선 소리에 밑줄 긋기

겨울은 자꾸
원래대로 돌아오는 느낌을 주었지만

하지도 않은 일을 벌써 반성하는 사람들이 있다
완벽하게 비어 있는 배드민턴 코트가 있다
아무래도 그건 긍정의 긍정적인 측면

땀이 흘렀고 너무나 작게 핀 꽃이 너무나 섬세해서

무릎 보호대

읽는 시마다 모두 사랑 시다
기다리는 건 하고 싶지 않다고
국가대표 훈련만큼 열정적이었다고
입김이고, 이끌림이고, 자연이라고

배운 외국어를 말해본다 소리 내어
내년에 정해진 일정을 물어본다
요즘 유행이라는 수영모 디자인과
편백나무 마사지볼

절벽이라는 단어를 봤는데
조금 전에 또 봤다

나는 당신을 좋아해요
무슨 선물을 좋아할지 하루종일 생각했어요
마음의 절벽에서라면
이런 말이 나올 수도 있겠지만

오늘도 제일 먼저 집에 간다
부잘레 아 라 비블리오테크 오주흐뒤
라넌큘러스가 들어간 꽃다발

핫팩 주지 않은 지금
을 좋아하기

디지털자료실에서 썼으니까 디지털자료실에서 읽으면 좋겠다

사진을 보고
시를 쓰기로 했지만

시를 쓰고
사진을 찍고 싶다

오, 잠깐
헤드폰을 귀에서 떼고 확인한다
작동하는 거 맞지

그냥 폈는데
책 제목의 시가 펼쳐지는 순간

여기서부터 여기까지
안심해도 되는 세계를
만들 수 있는데도

그냥 시를 조금 쓰러 왔을 뿐인데도

즐거운가 봐
나를 오해하게 하고 불편하게 하는 게
같은 방향으로 걷고 싶은 줄 알았는데

괜찮다는 거예요
괜찮지 않다는 거예요

간식은
모든 게 괜찮다는 시그널을 줍니다

위험이 있어야 비로소
몸속에서 합성된다는 물질은
로션 광고에서 많이 본 도형

이어지는 공사 소음을 피해서
시를 조금 쓰러 왔을 뿐인데

즐거운가 봐
나를 오해하게 하고 불편하게 하는 게
같은 방향으로 걷고 싶은 줄 알았는데

새벽에 중요한 일정이 있다면
물을 잔뜩 마시고 자러 가세요
(천잰데?)

여기서부터 여기까지
안심해도 되는 세계를 만들 수 있는데도
즐거운가 봐

삐진 좀비가 나오는 시를 썼다
흐익,
삐진 좀비 사진을
어떻게

존댓말을 하지 못한 통화

와이파이가 고장 났다
코는 인터넷 회사에 연락했다
AI는 코의 문제를 말하라고 했다
코는 왠지 존댓말을 하지 않고
칸에 작성하듯 짧게 줄여서 말했다
다행히 AI는 코의 말을 알아들었고
고장의 원인을 물었다

집을 청소하다가 그 와이파이 공유긴가 그 기계를 이쪽으로 옮겼는데

다행히 AI는 코의 말을 알아들었고
코는 무사히 전화를 끊었다

앱으로 신청하면 간단하다고 해도
코는 전화를 걸어 사람과 통화하면 쉬울 것 같았고
사람과는 말을 나누지 못하고
전화는 끝났다

쇼츠

여름이는 같이 나가고 싶어서 선크림을 생략했다

우산도 있으면서

비 오는데 왜 우산을 펴지 않는 걸까

여름은 알 수 없었다

여름이는 건축다큐멘터리를 봤다

길고 아름다운 계단

하느님을 만나는 길에

에스컬레이터라니 안 된다고 했다

여름이는 고개를 끄덕였다

바우어 새도 검색해봤다

자신의 둥지 앞에 정원을 가꾸는 새였다

알고리즘의 빈틈에서 누군가 여름의 시간을 사고 싶어하
지만

여름이는 바빴다

수영할 때 귀에 들어간 물이

빠져나오는 순간을 기다리느라

접시

마켓 가본 적 있으세요

세종문화회관 옆에서 열리는 마켓이었어요 소소시장, 그 날 거기에서 그릇을 봤는데 냉면을 담을 그릇 세 개를 샀고 우리가 세 식구라, 거기 정말 예쁜 접시가 있었어요 삼만 원 정도 몹시 마음에 들었는데 안 샀어 그런데 그 그릇이 너무 예뻤어요 지금도 갖고 싶을 정도로

마을활동가 선생님은 두 손으로 동그랗게 접시 모양 동작 을 하며 말씀하셨다

어떤 접시였을까 언제까지고 미소를 지으며 떠올리는 접 시는
나는 며칠 전 지나가다가 특이한 귤색 접시를 봤다

벚꽃 시즌
책방 사장님은 마켓에 나가고
라떼를 확실하게 맛있게 만드는

마을활동가 선생님이 책방을 지키신다

아주 커다란 잔에 맥주 마시기

월드컵에서
한국이 포르투갈을 이겼어요
오버사이즈 외투를 입는 건 도톰한 스웨터를 입을 수 있
어서예요

악몽을 꿔서 로또를 샀어요

친구가 맛있는 음식을 사줬어요
실내에 자작나무 숲이 있었고
밖은 너무 추웠어요
맥주잔이 아주 컸고
술의 이름은 모르지만
맛있다는 생각이 들 때마다 크리스털 잔을 바라봤어요

믿으면 사실이다 동생이 깜짝 놀라도록 더 잘해줘 버리자
드디어 엄마가 내 말을 들어줬어 아직은 아직은 시로 쓸 수
없는 일이 있어 아니야, 어려울 때 도울 수 있어서 기쁘지
친구들과 이런 얘길 나눴어요

오늘도 악몽을 꿨어요
강아지를 잃어버리는 꿈이었어요
꿈이니까 빨리 잊혀지겠죠

가나전에서는
조규성이 두 골이나 넣었어요
삼 분 만에

우리가 만났다면
이런 얘기들을 나누면 됐을 텐데요
아무 얘기나 했으면 됐을 텐데요
그냥 이런저런 얘기

입장권

입장권을 안 갖고 왔다. 바다의 새벽을 건너오면서 죽지 않고 도착했는데 입장권이 없다.

출발한 지 얼마 되지 않았을 때 동료 T는 노트북을 잊고 왔다며 사막으로 뛰어내렸다. 노트북이 중요하긴 하지만 좀 더 가서 뛰어내렸다면 셔틀을 탈 수 있었을 텐데, 라고 생각했다. 나의 걱정을 괜한 것으로 만들며 T는 노트북을 잘 챙겨서 충분히 일찍 도착했다.

내 앞 여덟 명의 사람들이 입장권을 제시하며 순조롭게 들어가고 있다.

이곳에 오기 위해 준비한 모든 것. 완수하는 것이 기적에 가까웠던 훈련들. 하나하나 떠올랐다.

먼저 나는 식습관을 바꿨다. 하루에 한 번, 자기 전에 삼천 오백 칼로리와 모든 영양소가 함유된 알약을 섭취했다. 먹고 싶은 것들이 떠올라 스트레스를 받던 것도 처음 며칠이었고 먹는다는 일을 제외하자 다른 극한 상황들을 준비할 수 있었다. 체력이 좋아지고 잔병도 사라졌다.

한편 기초교육에서 배운 지식들을 다시 익혀야 했다. 새로운 세계에 대해 내가 배워야 하는 것들은 생존과 직결된 정보들이었는데, 그것은 극도로 지루한 방식일 것이기 때문에 성장기 때로 돌아간 듯 익히는 습성을 갖춰야 했다.

그런데 입장권을 안 갖고 왔다.

어이가 없었다. 인간 크기만 한 배낭에, 필수품뿐만 아니라 나는 내가 가장 읽고 싶은 책까지 한 권 챙겼다. 책이라니! 지난번 파견 때도 한 번도 펼친 적이 없었고 짐만 되었던 책을 나는 또 꿈꾸듯 가방에 넣었다.
"그런 헛된 일이 목숨을 위태롭게 한다고!"

책을 챙기지 않았다면 나는 입장권을 확인했을까?

입장권은 작은 방 책상 위에 있다. 오다가 흘린 것도 아니며, 그것을 주머니에 넣을 계획이었으나 그러지 않았다. 사막에서 뛰어내려야 하는 건 나였다.

스태프가 입장권을 기대하며 손을 내밀었을 때 나는 말했다.

"입장권을 두고 왔습니다."

해는 지고 있었고 사막에 저녁이 내리면 살아남기는 힘들 것이다.

"상관없습니다."

나는 무사히 통과되었다.

이 세계는 내가 바다와 사막을 건너오는 사이 최초로 평화가 당도하여 더 이상 입장 심사를 하지 않는다고 했다.

"그럼 입장권은 왜 받고 계신 거죠?"

"주시니까 받는 거죠."

곧 게이트가 닫히고 모두 쾌적한 실내로 안내되었다.

코르크로 만들어진 침대, 커다란 의자, 가을 단풍을 배경으로 한 창가가 눈에 띄는 실내. 식사는 언제 어디서든 삼시

세끼 원하는 대로 할 수 있으며, 커피를 마시며 쉬어도 좋다고 했다.

당황한 표정을 한 나에게 어떤 꼬마가 이 세계의 말을 했다.

"나는 이 세상의 모든 사람을 좋아한다."

나는 비어 있는 책장에 한 권의 책을 꽂았다.

로봇 중독

E는 개를 키우고 있었다. 개가 어렸을 때부터 데리고 가는 동물병원이 있는데 수의사는 항상 개를 잘 치료해주고 불안해하는 E의 기분까지 헤아려주었다.

E는 3년 전에 이사를 해서 그 동물병원에 가려면 30분 정도 버스를 타야 했다. 개를 들고 버스를 타기는 쉽지 않았다. 캐리어부터 여러 가지 들고 갈 것도 많은데, 무엇보다 승객들이 개가 귀엽다고 말을 걸거나 개를 무서워하지 않을까 신경 쓰였다.

오전부터 내리는 비가 그치지 않았다. 우산을 쓰고 개를 안고 캐리어를 들고 지갑이 들어있는 가방까지 메고 외출을 하자니 한숨이 나왔다.

E는 '로봇 도우미 서비스'를 받기로 했다. 택시를 생각했지만 비가 와서 택시 타러 가기는 불편하고, 올해부터 국가에서 2년간 로봇 도우미 서비스를 무료로 제공하기 때문에 E는 서비스를 신청했다.

"제가 강아지를 데리고 버스를 타는 게 처음이라, 하하. 손님께서 도와주세요."

로봇이 웃으며 말했다. 로봇은 메탈이고 전형적인 로봇의 외형을 하고 있었지만 친근한 말투와 동작으로 금방 로봇이라는 것을 잊게 만들었다.

"저, 우산 받으세요."

로봇은 걸음을 멈추지 않고 엘리베이터로 향했다.

"로버트!"

"네!"

"우산 받으세요."

"네! 손님. 우산이 아주 예쁘군요. 제 취향이에요."

로봇과 대화를 시작하려면 항상 '로버트' 하고 로봇의 이름을 부른 뒤에 말을 해야 했지만 E는 자꾸만 로봇이 로봇이라는 것을 잊어서 스스로에게 놀랐다.

"손님, 버스는 3분 후에 도착합니다. 사람이 많이 타고 있어요. 다음 버스를 타면 앉아서 갈 수 있어요."

"아, 그렇군요. 좋은 정보 감사합니다."

"네."

비가 그쳤다. 로봇은 쓰고 있던 우산을 접었다. E도 로봇을 따라 우산을 접고 로봇이 들고 있는 캐리어 안의 개가 잘 있는지 살폈다.

"우산을 그렇게 의자에 두시면 잊어버려요. 손님."

로봇과 처음으로 대화를 하는 E는 '로봇이 이런 말까지 하는구나.' 하고 생각했다. 캐리어 운반을 도와주러 왔을 뿐인데 대화까지 나눌 수 있다니 E는 로봇 서비스가 마음에 들었다.

"로버트!"

"네!"

"제가, 고민이 있는데요, 회사 일인데, 업체에서요, 받을 돈이 있는데, 아직까지 입금을, 안 해주고 있거든요."

"오, 저런! 정말 마음고생이 심하겠어요."

"오늘 연락을 해서 달라고 해야 할까요?"

로봇은 답이 없었다. E가 이름을 부르는 것을 또 깜빡했기 때문이었다.

"로버트?"

"네!"

"오늘 업체에 전화해서 입금해달라고 얘기를 해야 할까
요?"

"네. 자꾸 연락을 해야 받을 수 있을 겁니다. 꼭 받으시길
바랄게요."

"고마워요."

E는 마음이 한결 나아지는 것을 느꼈다. 버스 한 대를 보
내고 좌석이 있는 버스를 탄 E와 로버트는 여러 가지 이야기
를 나누며 편하게 동물병원에 도착했다.

"개의 치아 건강에 좋은 껌이 있네요. 개는 치통이 있어도

말할 수 없으니까 껌을 주면 좋지요."

로버트라면 제품에 대한 데이터가 있어서 저런 얘기를 하는 거겠지, 싶어 E는 껌을 구입했다. 수의사는 간단한 수술이 필요하니 다음 주에 다시 방문해야 한다고 했다. 이번에도 역시 친절하게 설명해주고 E가 크게 걱정하지 않도록 안심시켜 주었다. E는 수의사의 말을 들으면서 다음 주에도 로버트와 같이 와야겠다고 생각했다.

"로버트! 다음 주에도 같이 와줄 수 있나요?"

"손님, 죄송하지만 다음 주에는 다른 로봇이 도와드릴 거예요."

E는 너무나 섭섭함을 느꼈다.

"로봇 도우미 서비스는 같은 로봇을 계속 신청하는 것이 금지되어 있습니다."

집에 도착할 즈음 다시 비가 내리기 시작했다.

"손님, 제 우산을 쓰세요."

"네?"

"아까 의자에 우산을 두고 내리셨죠?"

"아!"

"내가 전에 말했잖아요."

로버트는 우산을 쓰지 않고 앞장서서 걸어갔다. E는 아까 버스를 탔던 정류장을 지나면서 의자 쪽을 보았다. 우산은 사라지고 없었다.

발문

지은이가 은지에게

임지은 / 시인

은지야. 안녕? 오늘 아주 커다란 잔에 맥주를 마시는 시집을 읽었어. 오렌지 껍질 맛이 나는 맥주를 곁들이지는 않았지만 시를 커다란 맥주잔에 따라 마시는 맛이 아주 좋았어. 내가 이 시집의 제조 과정을 알고 있는 관계자라는 것이 뿌듯하더라. 마치 신당동 떡볶이집 며느리도 모르는 레시피를 전수받은 것처럼 말야. 지난겨울에서 여름까지 우리는 매주 한 편씩 시를 썼지. 같은 단어로 주제에 상관없이 시를 쓰고 매주 카톡 단체방에 올린 후 다 함께 읽는 재미가 쏠쏠했어. 누구 하나 똑같지 않고 항상 기대치를 넘어서는 시를 써오니까 화요일이 기다려지더라. 누군가의 작품이 점점 좋아지는 것을 보는 일은 즐거운 일이잖아.

너와 내가 처음 만난 건 대학교 2학년 강의실에서였어. 나는 자연과학부에서 이제 막 전과해 온 참이었고, 너는 문창과 수업을 듣는 중국어과생이었지. 물론 다음 해에 너도 문창과로 전과했지만. 그 당시에 너는 소설을 쓰고 싶어 했고, 나는 시를 쓰고 싶어 했어. 안팎으로 개성이 뚜렷한 친구들 사이에서 우리는 비교적 무난한 편에 속했어. 물론 무난하다는 것이 평범했다는 뜻은 아니야.

졸업 후 너는 라디오방송국에 취직하고 나는 대학원을 다녔지. 친구들과의 즐거움이 가득했던 학부생 시절과는 달리 대학원 생활은 무척 지루하고 힘들었어. 중간에 그만두는 학생이 많아서 나 혼자 수업을 들은 적도 있었지만 지금 생각해 보면 많은 걸 배울 수 있었던 시기였어. '인생은 절대 네가 원하는 대로 되지 않을걸?' 같은…. 물음표여서 더 알 수 없는 인생의 무자비한 속셈 같은 거 말야. 내가 마지막 학기였을 때 너는 방송국을 그만두고 대학원에 오고 싶다고 했지. 나는 절대 오지 말라고 했지만, 너는 무난했지만 평범하지는 않은 아이였기에 대학원에 왔어.

그 후 많은 일들이 있었지만 생략하고, 중요한 건 대학원을 졸업하고도 우리가 계속 쓰고 있었다는 거야. 각자의 집에서 또는 대학로쯤에서 만나 서로 작품을 읽고 이야기를 나누었지. 물론 합평의 방식이 달라서 고집을 굽히지 않은 날도 있었지만, 네가 등단 소식을 전했을 때 나는 가슴이 벅차서 눈물도 났어. 그리고 꽤 많은 일들을 도모했던 것 같아. 그러니까 내가 하고 싶은 말은 우리가 함께 흘린 눈물을 담으려면 아주 커다란 잔이어야 할 거라는 거야.

너는 「심장처럼 생긴 과일」에서처럼 두 가지 색이 잘 섞이도록 하는 것 같아. 체력이 약하지만 돌아다니는 걸 좋아하고 많이 먹지 못하지만 자주 먹는 걸 좋아하니까. 웹툰과 할머니처럼 또는 QR코드와 괭이갈매기처럼 접점이 없어 보이는 것들을 나란히 두니까. 여름을 좋아하지만 다가올 가을에서도 좋은 점을 찾아내니까.

시에서 네가 좋아하는 것들을 같이 따라 좋아하다 보면 나는 내가 좋아하는 것이 얼마나 많은 사람이었는지 알게 돼. 좋아하는 게 이렇게 많았는데, 왜 네가 시에서 말해주기

전까지는 모르고 있었을까. 너도 알잖아. 내가 평소에 웬만해선 좋다고 하지 않는 거 말야. 그런데 까다롭다고 하지 않고 지은 언니는 평소에 좋다고 하지 않으니까 언니가 좋다고 하는 건 정말 좋은 거야, 라고 생각해줘서 고마워. 고구마와 고마워가 두 글자나 같은 것처럼 두 배로 고마워.

우리가 같은 단어로 시를 쓰면서 너에게 감탄한 것이 몇 개 있어. 이건 분리수거◟ 멤버들의 시에서도 자주 발견되는 놀라움이지만, 네 시를 읽으면 어쩜 그런 시선으로 일상을 바라볼 수 있냐는 거야. 나도 일상에서 소재를 얻긴 하지만, 나는 늘 글 속에선 변용하게 되는데 너는 참 담백하고 솔직해. 대학교 때 김사인 교수님이 '시는 쓰는 게 아니라 사는 것'이라고 하셨는데 너는 마치 시를 살고 있는 것처럼 보여. 아니, 거의 '시아일체'에 다다르고 있는 것 같아. 우리 같은

◟ 팀 〈분리수거〉는 2018년에 조직된 모임으로 강혜빈, 김은지, 임지은, 한연희 총 4명의 멤버로 이루어져 있다. 순서대로 유리, 종이, 플라스틱, 캔으로 이루어진 물성을 맡고 있으며 주요 활동은 낭독회를 기획하는 것이지만 그 밖에도 재미있는 일들을 도모하는 중이다.

교수님한테 배운 게 맞지? 어쩜 이리 다르니….

더불어 네 시에는 읽는 사람의 일상까지 돌아보게 만드는 힘이 있어. 그래서 읽는 동안 왠지 나도 모르게 따뜻해진다. 근데 너도 알잖아. 나 차가운 여자인 거…. 나를 따뜻하게 만드는 게 여간 힘든 일이 아니라는 거. 코앞에서 모닥불이 활활 타오르고 있어 봐야 조금 따뜻해질까 말까라고.「주문」에서 남은 초밥을 모으는 사람에게 관심을 기울이는 것처럼 너는 남들이 보지 못하는 것을 보는 면이 있어. 섭섭하거나 슬픈 일을 너에게 털어놓으면 너는 측면의 관점을 제시하지. 그럼 나는 귀가 얇지도 않은데 덜 섭섭해지곤 해. 참 이상한 일이지. 그런 일들이 시에 종종 벌어지는 것을 나는 봐.

우리가 단어로 시 쓰기가 좀 지루해져서 사진으로 시 쓰기를 하자고 했을 때, 너는 시를 먼저 쓰고 사진을 찍었는데 시에 좀비가 나와서 대체 좀비 사진을 어떻게 찍으려고? 궁금했을 때 돌바닥에 비친 그림자 사진을 내밀었지. 너의 세

번째 시집 『여름 외투』에 실리긴 했지만 자동으로 펴지고 접히는 LED 그늘막을 사진으로 찍고 시를 썼잖아. 내가 사는 동네엔 아직 LED 그늘막이 없어서 용산에 갔을 때 함께 구경했지.

맞아! 고양이를 가지고 시를 쓰기로 했을 땐 고양이가 시에 많이 등장하는 메타포라서 난감했는데, 너는 시에 고양이를 등장시키기가 얼마나 어려운지에 대해 썼잖아. 나는 온갖 동물들 사이에 고양이를 숨겨버렸고! 그런데 나 왜 조금 신난 것 같지? 또, 사람으로 쓴 시도 있는데 연희 언니와 혜빈 시인 말고 나도 이 시집에 등장한다는 거야. 이름이 직접 나오지 않으면 모르는 사람이 많겠지만 (나는 이미 「슬픔과 기쁨의 개 인사」라는 시에 나온 적도 있으니까) 그러**며는** 사실대로 내가 직접 밝혀볼까? 그러**며는** 사람들이 알까? 이 정도까지 말했는데 설마 모르지는 않겠지?

시집이 더 얇아지지 않길 바라는 마음으로 시집을 읽어

갈 때쯤 무려 시집의 제목이 된 시가 나와. 첫 번째 단어였던 술이었는데, 네가 아주 커다란 잔에 맥주를 마시는 시를 써와서 나는 시를 읽기도 전에 일단 너무 좋더라. 예쁜 잔도 아니고 적당한 잔도 아니고 아주 커다란 잔이라니까! 술을 못 마시는 거 아는데 네가 커다란 잔에 술을 먹고 싶은 날은 언제일까? 나도 한때는 술 좀 마신다며 명함 좀 내밀던 사람이었는데 이제는 마실 일도 없고, 더군다나 내가 술로 쓴 시는 고이 휴지통에 버려졌는데…. 인생은 이렇게 새옹지마니까 재미있는 거겠지?

나는 시집의 마지막 시를 읽으면서 '은지의 소설을 쓰던 실력이 아직 어디 안 갔네'라고, 생각하게 돼. 물론 네가 쓴 건 조금 긴 시지만 네가 학부생 때 쓴 소설에 관해 얘기하고 싶어서 일부러 하는 소리야. 카페 알바생과 중년 손님과의 우정이 파국으로 치닫는 그 소설을 나는 아직 기억하고 있거든. 기억력이 좀 나빠져야 할 텐데 기억하는 게 너무 많아 무섭네. 이쯤 되니 너도 무서워. 양파도 아닌데 까도 까도 매력이 나오잖아. 너에 대해 더 모르는 게 거의 없는데도 반할 판이야.

물론 예전의 우리는 충분히 어설펐고, 용기가 있었고, 실수와 실패를 반복하기도 했지만, 중요한 사실은 여전히 쓰고 있다는 거야. 어느새 시인이라는 귀여운 코딱지가 붙은 지 십 년이 다 되어가잖아. 우리가 한 게 헬스였다면 배에 커다란 초콜릿 복근 하나쯤은, 뜨개질이었다면 아주 행복하고 복잡한 패턴이 들어간 스웨터 한 개쯤은 가지게 되었을 거라는 거지.

그러고 보면 시를 꾸준히 좋아할 수 있다는 것도 아주 커다란 능력이야. 그래서 나는 네가 아주 오래 시를 써줬으면 좋겠어. 시로 돈도 많이 벌고, 상도 많이 받아서 세계의 평화를 가져와 주었으면 좋겠어.(나는 내 안의 평화를 지키고 있을 테니….) 너무 큰 임무 같지만 원래 가장 한국적인 것이 세계적이고, 가장 미시적인 것이 거시적인 것 아니겠어? 그래서 말인데 아주 미래에 할머니가 되어서도 시를 쓰고 있자. 아주 커다란 종이는 아니겠지만 거기에는 아마 거의 전부라고 할 수 있는 모든 것이 담겨 있을 거야.

아침달 시집 40

아주 커다란 잔에 맥주 마시기

1판 1쇄 펴냄 2024년 6월 28일
1판 2쇄 펴냄 2024년 7월 15일

지은이 김은지
편집 정채영, 서윤후, 이기리
디자인 정유경, 한유미

펴낸곳 아침달
펴낸이 손문경
출판등록 제2013-000289호
주소 04029 서울시 마포구 양화로7길 83, 5층
전화 02-3446-5238
팩스 02-3446-5208
전자우편 achimdalbooks@gmail.com

© 김은지, 2024
ISBN 979-11-89467-62-3

값 12,000원

이 도서의 판권은 지은이와 출판사 아침달에게 있습니다.
양측의 서면 동의 없이 책 내용의 전부 혹은 일부의 재사용을 금합니다.

이 책은 서울특별시, 서울문화재단 '2024년 창작집 발간지원 사업'의 지원을 받아 발간되었습니다.